오월의 여왕

시와함께(Along with Poetry) 시인선 025

오월의 여왕

노병순 제1시집

시와함께 넓은마루

『오월의 여왕』 첫 시집을 출간하게 된 것은 온전히 어머니의 은혜라고 생각한다. 이 나이에 이르렀지만 나는 단 하루도 어머니의 헌신적인 희생을 잊은 적 없다. 내 삶의 곳곳마다 묻어나는 어머니의 고귀한 사랑, 그리움이 사무칠 때마다 나는 시를 쓰며 마음을 달래곤 했다.

어머니께서는 이 세상을 살아갈 때 꼭 필요한 지침을 말씀하셨던 것을 나이들수록 더 깊이 깨닫게 된다.

안다는 것은 쓸 수 있고
안다는 것은 읽을 수 있고
안다는 것은 말할 수 있다는 것을
늘 강조하신 어머니이셨다는 것을…

어릴 적 어머니를 따라 산나물도 캐러 가고, 장마철에는 버섯을 따기 위해 산을 오르시는 어머니와 함께 손을 잡고 숲길을 걷는 그 순간들이 너무나 큰 기쁨이었다.

　어머니는 나물을 뜯을 때마다 식물의 이름과 건강에 끼치는 효능까지 설명해주시곤 했는데 나는 그때마다 어머니가 만물박사로 여겨져 재미났다.

　"이것은 취나물인데 항암효과도 있지만, 간을 좋게 하여 눈 건강에도 좋고 다이어트와 변비, 피부미용, 노화방지에도 효과가 있단다. 그리고 이것은 고사리인데 산에서 나는 소고기라서 칼슘, 미네랄, 단백질, 고혈압 성인병 예방에 좋고, 축적된 나트륨도 배출하게 하여 콜레스테롤 수치도 낮추어준단다. 이건 원추리인데 봄에 가장 먼저 먹을 수 있는 나물이지. 이른 봄에 입맛이 없을 때 살짝 삶아 잠시만 물에 담겼다가 건져내어 새콤달콤한 양념을 첨가하여 고추장에 조물조물 버물어 마지막 양념은 참기름 넣고 밥을 비벼먹으면 봄 입맛이 살아난단다. 원추리는 된장국에 넣어 먹으면 피로회복, 미네랄 아미노산, 야맹증, 황달, 안구질환, 이뇨작용, 염증억제, 유방암 등에 좋단다."

어머니께서 이렇게 산야초에 대해 자연스럽게 교육하실 때면 마치 스승과 제자 사이 같다.

프랜시스 베이컨처럼 어머니는 철학자도 아니시고 대법관도 아니셨지만 늘 아는 것이 힘이라고 말씀하셨고 언제나 생활의 지혜를 알려주셨다.

그리고 일본의 대사업가 마쓰시다 고노스케도 모르시면서 안정적인 삶을 살기 위해서는 재력도 아주 중요하다고 근면 성실 절약을 강조하셨다.

첫 시집 한 권을 묶어내면서 어머니의 산 교육이 얼마나 딸의 삶에 영향을 주셨는지 깊이 깨닫고 시집 제목을 『오월의 여왕』으로 정하면서 이 시집을 어머니께 바친다.

2022년 10월 노병순

| 차례 |

시인의 말

제1부 아버지의 선물

제2부 여명의 사부

제3부   지구촌에 비상벨이 울리다

제4부 머문 곳마다

제5부 억새의 삶

제6부 들국화 향기

특별 부록 ㅣ 박지안의 시

제1부

아버지의 선물

쌍무지개 뜬 날

삼백육십오일
넘고도 더 넘어가는
코로나19 바이러스
아직도 사라질 기미가 보이지 않는다

올 여름은 유난히 습도가 높고
장마까지 겹친다니 유감이다

보슬비가 옷자락을 스쳐 지나고
국회의사당 앞에 모인 국민들
단상에 우뚝 선 큰 별
하늘에서 축하의 징표로
'내가 너희들과 함께 할 것이라'는
쌍무지개가 국민들에게 소망을 준다

뭉게구름 타고 오신 이는
분명코 세상을 바꿀 큰 인물

하늘의 뜻임을 모두들 환호했다

신비로운 현상을 담기 위해
사람들이 카톡카톡 찰각 소리가 겹쳤고
진저리치도록 지루했던 그들이 물러나
모두는 감사하는 마음으로
하늘을 올려다보며
새로운 지도자를 보내주심에
희망의 대한민국을 외친다

칠월의 비밀

비밀의 통로를
가슴에 부여안은 채
작열하는 칠월의 교태를 본다

쉬이 찾아드는 저녁놀
무수히 부서지는 세월 속에
삶은 계절의 부침에도 무르익어간다

두 볼에 실바람이 엉겨 붙어
얼룩진 주름의 계곡마다
멀어져간 그날의 고뇌가
작은 웃음 속에 섞여 있다

염소 뿔도 녹아내린다는
대서 앞에서도 두렵지 않은 나는
아직도 칠월인 것을 어쩌나

두견새 우는 밤

전설 속의 소쩍새가
구성지게 울부짖는 밤
아직도 배고픔의 설음으로
이 밤 채우려 하는 가

속닥속닥 세상살이
수다스런 삶을 살며
상처 받아 몸부림치며
밤을 새워 지우려 애쓰는가

아웅다웅 다툼은
자신의 말이 옳다고들
흉허물 가슴에 쌓여 곪은 상처
비밀통로 문서에 접어두련다

오월의 여왕

애정과 모정으로
카네이션 한바구니 담아
가슴에 안겨드리니
환하게 웃으시며
나를 반기시던 어머니

'이 땅에 사는 동안
헛된 것 보지 말라'
꿈에서도 훈계하시는 어머니는
헌신과 봉사의 삶을 살라
당부하십니다

바쁘다는 핑계로
함께 하는 시간 짧았던
지난세월 돌이켜보면
미안하고 죄송하여
이토록 후회하며 살아갑니다

우리를 위해 십자가의
고통을 마다하지 않으신 예수님처럼
우리 어머니 마지막 순간까지
자녀들을 위하여 쏟으신 그 정성
세월이 갈수록 또렷해집니다

부활하신 예수님께
어머니도 주님나라에서
행복하시길 부탁드립니다

은빛 별채

충령산 안고 돌아
아담하게 자리 잡은 별채
노부부 웃음꽃 피우며
자유롭게 살아간다

부추 당근 양파에 버무린 잡채
도토리 앙금에 김 뿌리고
파 마늘 야채 치커리 사과
견과류까지 곁들인 야채샐러드
백김치는 먹어도 모자람이 없다

구수하고 고소한 콩죽은
담백한 어머니의 손맛
콩비지 순부두찌개 배추겉절이
감자조림 돌솥 밥에 숭늉까지
더덕무침 새콤달콤 입맛이 살아난다

후식에는 감주까지 곁들여
사랑하는 사람과 함께 하니

행복에 겨운 날
해지는 줄 모르는
그 분이 내려주신 은혜

소중한 것과 급한 일

황혼이 무르익어갈 때
밤나무 밑에 알알이
떨어진 알밤을 줍는다

시인의 말이
메아리쳐오는 순간
아프게 가슴에 부딪친다

어떤 것 하나도
소홀할 수 없는
세상의 일들

오늘도 가슴 속에 꾹꾹 눌러 담으며
소중한 이들에게
나누어주고 싶은 삶을 노래한다

함께 손잡고

걸어온 이들의 쓸쓸한 눈빛
사무쳐오는 이 시간

시월이 지나면 잎새도 허덕이는데
조용히 속삭이며 보려 하지 않고
듣기 원하지만 들으려 하지 않는다

마음의 문이 자물쇠로 채워져
열려고 하지 않는 그는
온전히 자신의 삶에 굳혀졌다

잠시 나무그늘 아래
벤치에 앉아 마음을 식히며
그대가 아시길 기다리려 한다

이쯤에서

나는 웃고 있어도
울고 있는 사람이 있기에
언행을 조심하고자 한다

그는 강한 것 같지만
약한 사람인 것을 뒤늦게 알았다

가난 속에서 맏이로 태어나
여동생 넷의 책임을 완수하기 위해
온전히 자신의 행복을 버린 사람

아홉 살 아래 신부를 만나
딸을 낳고 알콩달콩
부모님께 효도하며 살고 싶었지만

세상 경험이 부족하였는지
미처 알지 못했던 시간을 넘어

이혼의 단어가 오가면서도

아들 하나 더 얻었지만

자식 소중함 깨닫지 못해

결국 건널 수 없는

강을 건너고 말았다

움킨 재산도 없는데

동생들은 재산싸움으로 시끄럽고

사업의 실패까지 뒤엉켜

병든 몸 누구도 돌봐주지 않는다

떠돌이 방랑객이 되어

홀로서기를 하면서

모두 어울릴 수 있어야 된다며

감사하며 웃는 사람

노력해도 할 수 없는

일들이 있는 것을 깨닫게 한다

지금도 생각나는 사람

기다리는 마음

여섯 식구
삼백육십오일
함께해온 아침상
오늘은 특별한 어머님 칠순잔치

"토요일 점심은 갈비 집에 갈까요?"
"고맙구나"

우리 여섯 식구와
어머니 곱게 차려입고
점심상 받으러 갈비 집에 갔지만
6인은 안 된다고 하니

"뭔 일 난겨?"

문전박대를 당하니
북받치는 우안 코로나19
또다시 코로나의 심각성을 느낀다

아버지의 선물

물질의 풍성함은
남겨주지 못했지만
날마다 밥상 앞에서
훈계하시던 아버지

음식을 먹을 때는
쩝쩝 소리를 내지 말고
젓가락으로 먹을 때는
이렇게 잡아야 하고
운동화는 뒷꿈치를 꺾어 신지 말고
슬리퍼는 끌어 소리 내는 것은
왜놈들이나 하는 짓이라고 말씀하셨다

신문지에 한문 써놓고 읽으시면서
쓰라 하시던 아버지
새벽녘 방바닥이 식어 가면
가마솥에 불을 지펴

육남매 아침밥까지 해주시고
인절미 말려서 구워먹을 수 있도록 건조시켜 주시고
쓰레질은 아버지 몫이었다

때마다 들려주시고
가르치시며 보여주셨던
아버지의 교육을 받아서인지
아무리 힘들고 어려운 현실이라도
비굴하게 무릎 꿇지 않고
어엿하게 살고 있으니
평소 아버지의 가르침의
은혜에 감사드린다

이 세상을 살아내는 동안
가끔씩 찾아오는 고뇌가 따라도
아버지의 그 사랑을 기억해내며
순간마다 지혜롭게 잘 이겨내고 있다

보금자리

풀 비린 목걸이와 연분홍 꽃 핀
보따리 하나 달랑 들고 찾아온 곳
천국이 따로 없다

녹빛의 물결과
서산마루의 황홀함
밤하늘에는 은빛 무지개
아름다운 세상이 펼쳐져
감탄사가 연발된다

장난감 가게 앞의
오색빛의 알곡
모두 희망의 창고들

이 모든 것을
마음 밭에 심어놓은 열정들이
내가 살고 있는 지구촌의 열쇠

하이얀 눈송이는 잔치상
이어져 펼쳐진 하얀 꽃길
세상 모든 것들이
나를 위한 하나님의 선물

그리움의 극치

삼봉산 끝자락
작은 연못가에는
지네산 버들가지 아래
수련 벗님 반긴다

징검다리 옆에서
헤엄치는 논병아리
버들치 행렬에 화들짝 놀라
어미 품을 그릴 때
걸음을 멈추고 카메라 누른다

총총총 총알걸음
그가 어디쯤 숨어 있나
기다려도 오지 않아
두 번 볼일 없을 것 같다

삼중 앞산

비구름 머문 산
아스라이 비춰는 등불
새 안식처의 빌딩 사이로
한 자락 두 자락 겹겹이 보인다

눈가림이 되는 장애물로
한 눈 안에 볼 수 없는 아쉬움
기웃기웃 고갯길을 넘는
그리움의 앞동산 한아름 안겨올 때
산달래 머루 먹던 옛 추억
그때는 귀한 줄 몰랐다

뉘엿뉘엿 저물어가는 고갯길
말리기도 늦은 시간
앞산삼중 동양화의
농익은 두루마리 그림

제2부

여명의 사부

예언의 숨결

회색빛 하늘 아프간의 비화
지구촌을 두렵게 하는 총소리와 외침
쏟아지는 핏빛소식만 전해온다

곳곳마다 바른 것이 없고
양지녘은 따스함을 잃어가고
퇴색된 생각들이 비상구마저 막는다

잘못됨을 모르는 야심의 속삭임
가쁜 숨소리 몰아쉬게 하는
환자들과 무엇이 다르랴

아무리 혼자서 정의를 외쳐도
눈 하나 깜짝하지 않는 저들의 횡포
두려움과 조급함으로 힘겨운 갈등

하늘아래 첫 동네
칠보산에도 첫눈이 내린다

눈 가리고 아옹 하는
마음들은 늘 벌거숭이

잘못된 총수들의 일상은
빠르게 종말을 부르고 있지만
어리석은 자들은 헛된 일에 도모한다

후회의 두루마리 셀 수 없을 정도
신문고의 소리가 끊어진 지 오래다

날이 갈수록 희망의 등불은 희미해지고
가지런히 피어나 간들거리는 가을꽃

추운 계절이 지나고 나면
다시 봄은 오려나

눈물꽃 고이 묻으며
희망의 꽃 피워올린다

여명의 사부

팔월의 약속이
실바람 싣고
가슴 안에 전해져 오던 날

사필귀정 가르침의 긴 세월
오산의 등불이시요
대한의 한 수사부

얼룩진 마음 밭을
닦아도 닦아도
지워지지 않는다

인생무상 새옹지마
세마대 독산성 사연 담아
금의환향 문학의 예술 지구촌의 반올림

호숫가에서

꿈틀거리는
한 송이 수련화

작은 소리 여명의 사부시여!
민들레 홀씨 되시어 훨훨 나실 적에
내 이름 석자 실어 적어 보내시옵소서

밀린 숙제

해야지
비워야지
책임의 몸부림이
갈팡질팡
뜬구름 잡기다

지나가는 바람인 줄 알았는데
이 시대에 맞물려
시끄러운 엔진소리만 내는 사람들

정의는 어디론가 사라지고
나라가 이 지경이 되도록
도대체 우리 모두는 무엇을 했는가
한숨소리 하늘을 찌른다

지구촌에 역병들이 몰려들고
이 틈을 노린 위정자들

곳곳마다 거짓이 난무하여
가시밭길 걷게 하는 사람들
국민들의 고통과 두려움을 알 리 없다

혹여 그 자리 빼앗길까
가던 길이 지워질까
오던 길이 없어질까
자리다툼으로 하루도 조용할 날 없는
우리나라의 현 주소

오늘도 우리나라를 위하여
두 손을 모우며
나의 못남도 용서를 빌며
해야 할 일 미루지 않으려 한다

호수공원

삼봉산 품고 돌아
백년의 사연 싣고

한마당 연꽃잔치
무아지경 어우러져

푸른 꿈도 심었다네
그리움이 사무치네

아침햇살 은구슬 진흙 속에 시린 발
부채치마 덮어주며 서로서로 기대어
종횡무진 달려들 듯 한숨걸음 쉬어가네

청개구리 조반상 민물새우 화들짝 거리고
종알종알 밤샘수다 둥근 연잎 속삭임도
고진감래 안고 도네 엄마가슴 닮고 오네

흘러가는 세월에 변해버린 빈자리

눈가림 속 깊어지는 아웅다웅 삶의 무게

인생무상 돌아오네 내 꿈 담고 찾아오네

찬 바람의 기다림

푸른 산 중턱에
먹구름 비구름 걸터앉아
조각 실어 전해진 소식

찬바람 나면 만나자고 하지만
여름방학도 아닌데
홀로 풀 수 없는 숙제
어깨에 메어지고
목안 깊숙이 숨결을 가다듬으며
억지와 보채기도 해보았네

작은 산자락 어깨 넘어
세근 반 네근 반 떨리는 글씨
조금 더 진실에 혼 실어
실크로드 전설 섬섬옥수 손길 이어
은쟁반 옥구슬 엮어 지워지면 아니 되리
불안초조 연속이라네

화사모 사연 후손에게 전달

부푼 꽃 희망꽃 안겨 반기고파

성급한 속내에 흐트러진 실타래

부서지는 파도의 소용돌이 물거품 되고

목이 곧은 백성 아니 되오리라

두 손 모아 두 무릎 꿇어

찬바람이시어 어서 오시옵소서

기도 올려드리옵니다

파랑새를 찾아서

회색의 공간 사이
무지갯빛 속살 빗겨
칠층의 산 중간쯤에 연기가 피어나
후다닥 차림 없이 차 키만 들고
이리저리 찾아 헤매었네

푸르고 우거진 들판을 지나
좁은 오솔길에서
파랑새의 노래 소리에 속았는가

마을 어귀 창문 열고
냄새부터 맡아보니
다행히 불은 아니었네

토란잎 영롱한 입체
잠시 쉬어간 비구름 가슴 안고
창 넓은 여덟 평 반 내 집

붉은 꽃 하늘 가득 피어

지고 있구려

크라운산도

함흥냉면 먹고 나서
생각나는 크라운산도

어머니가 사다주시던
동글동글 빙글 돌려 먹던
샌드의 옛 추억

동네어귀 가게 앞에
멀뚱멀뚱 두 눈 가득
샌드의 그 맛 잊지 못하네

등에 업은 아가 헐거운 포대
아둥아둥 버둥허리 샌드의 그리움
손 살짝이 맘도 들어

살래살래 갈팡질팡
샌드의 깊은 맛

이제는 크라운산도

아름아름 바삭바삭
산도의 옛 향기
추억의 그림자

팔월을 보내며

아집과 고집이
뭉친 팔월이라네

후회와 아픔의 팔월이라네

고난은 눈물 꽃으로 피어나
마법성을 쌓았다는 팔월이라네

오던 길 멈추어
뒤돌아보는 팔월

때 묻은 생각의 누더기
땀 냄새만 풍긴 팔월이라네

수박밭 참외밭 오이 넝쿨
걷어내는 팔월

이쯤에서 보내야 하고

보내 달라 하여 팔월은 가고 있네

나도 따라

구월로 접어들고 있네

상사화

새봄맞이
사알짝 이름 없이 빛도 없이
조용히 전설처럼 싹트는
봄의 계절이 그대 앞마당에
살포시 찾아온 순결한 상사화
그 이름 석자

꽃대 이어 맺은 사이
잎 지나고
정분났어도
서로 만날 수 없는
아픈 숙명
그리움과 기다림이
늦더위로 이어진다

첫 사랑의 애달픔
고스란히 봄 향기로 묻어난다

가려거든 바람결에 고이 담아

지구촌의 메마른 심금에 듬뿍 뿌려

진한 향기로 보내드리고

어디론가 가시구려

감추어진 꽃

바람결에 피워내는
꽃들의 화려한
몸치장도 아니건만

폭풍에 찢긴 생채기
아물길 없는 너
허기진 지난여름
마침표도 찍지 못하고

금줄로 이어진 새로운 길
거미처럼 얼기설기 갈길 못 찾고
가시밭길 험한 언덕
그 자리에서 벗어나지 못하네

자꾸만 초라해지는 마음과 서러움
지금 살고 있는 시간들을
꽃길이라 여기려 하지만

부푼 꿈과 거리가 멀어져
허물어진다는 너

어김없이 가을로 익어져
낙엽으로 지는 날에도
웃음을 머금고 나를 붙들며
고개 숙여 함께 가자는 너

우리는 다시 힘을 내어
가던 길 마다않고
기쁜 마음으로 살아가려하네

여름이 지나는 소리

긴 가뭄에 고개 숙인 초목들
세상을 바라보는 눈 깊고 느리다
쇠라도 녹일 듯 뜨거운 한나절

내려지는 밤비는 어둠의 소리
잠시 이 밤이 시끄러워도
우리는 편히 쉬어야 한다

소란한 세상살이
재워지지 않는 밤
가다 보며 오는 소리
산들거리는 바람소리

말 없이 고개 숙여
소리 없이 파고들어
살포시 고운 열매
가슴 깊은 곳까지 채워주리라

구월이 온다네요

간다는 팔월의 이별은
아쉬움의 슬픈 몸부림일까
온통 회색빛의 하늘과 같으네

온다는 구월을 맞이할 생각에
한껏 가슴이 부풀어 오르는 기다림은
옷자락에 젖어드는여인의 연민이련가

밤하늘의 별들과 속닥거리며
그 희망으로 구월의 약속을 믿고
풀벌레 소리마져 노래로 들리네

열린 창가에서 가을소식 들으며
사랑이 많은 구월이 내일온다는 소식
오곡백과 오는 길목에서
구월의 향기는 기쁨과 행복을 준다

제3부

지구촌에 비상벨이 울리다

추수

이고 지고
햇빛 바른 곳으로 이사한
붉은 고추 가족에게
좀 쉬라고 말하며
멍석 위에 올려놓았다

하나 둘 깨끗이 닦아주며
가을 땡볕에 찜질하라고
나란히 뉘어 주다가 화들짝 놀란다
두고 온 호박할미를 잊고 온 것이다

늦여름 내내 궂은 날씨로
잎사귀 뒤에 숨어 알콩달콩 익어가는
콩 가족이 수줍게 고개 숙이고

한나절 빛 가운데
저들과 마음을 주고받으며

자연이 주는 풍성한 얘기를 듣는

아, 나는 행복한 사람

행복을 찾아서

큰 것도 아니고
작은 것도 아닌데
눈을 뜨면 그저
작은 범위 내에서
서로의 안부를 듣고 전하며
행복이란 단어를 잡으려 애쓰지만
밀려오는 파도처럼 어느새 술술
벗은 발가락 사이로 빠져나가버린다

탐심도 아니고
채운 것도 아닌 비운 가슴인데
풀숲 밤이슬에 풀벌레들의 하모니
어둠을 밝히는 별빛처럼
행복이란 단어를 찾으려 애써보지만
달그림자 기울 듯 말없이
날개 풀어 훨훨 허공을 향해
아주 멀리 사라져간다

인꽃의 향기로
외로운 길이 아닌
가득 채워 넘침에
잠시 가려진 것 뿐이라고
스스로 위로하며

가을의 바람결에
두 볼이 간드러지는
그 웃음을 포근히 품어보며
뼈 속 깊이 깨닫고서야
훌훌 털어버릴 수 있었다

일곱 색깔의 꽃길에
모든 것을 묻어버리고
가던 길 멈추지 않고
조용히 받아들이며 가려하네

백신을 맞고

맞으면 부작용
안 맞으면 바이러스

이래도 저래도
두려움이 밀려오는 염려걱정

남들이 한다고
따라가야 하는 것은 바보라

해보자 하면서도
미룬 숙제 해야 된다

하고나니 잘했네
하고보니 안심일세

군포시 체육관 숨은 봉사
친절함의 눈웃음으로…

하늘 꽃

붉게 타오르는 상사화여
그대 언제 나를 위해 피어났는가

알게 모르게
붉게 물든 꽃

다소곳이 수줍은 듯
그대 모습 보라고
가족들을 불러 모아
그대 심장소리 들으며

하늘이 보내준 꽃이라 여기며
석양빛에 물드는 마음

닫힌 마음

이해와 용서가
이리도 어려울까요

푸르고 넓고 깊은
저 바다도 안아줄 것처럼 말하더니

입가에 침도 마르지 않았는데
다짐하고 맹세했던 일들을
어찌 그리 쉽게 잊었단 말인가요

세치의 혀로 버틸 수 없는 건가요
온 몸이 부서지도록 아픈 건
아직도 덜 성숙한 부족함 때문이겠지요

눈물로 빈 가슴 채우던 서러움
두둥실 구름 꽃을 피우는
깊은 정 담아 손 내밀고 오는 길

마음 밭에는 동지섣달 얼음

찬서리 맞은 기러기 떼로 날고 있는데

봄은 다시 찾아올까

올 수 있는 봄이련가

아픔을 가득안고 흘러가는

세월에 묻으며 저물어가는 또 하루

한가위

오곡백과 무르익어
더도 말고 덜도 말고
오늘 만큼이란 한가위를 맞아
달빛 익은 밤 별들과 함께
신라유래 길쌈놀이

역병돌이에 눈물의 한가위
그리움의 초동시절 친구
콩쿨대회 어깨동무 부풀었던 가슴

전설 같은 그날들의
한가위를 떠올리며
눈꽃송이 같은 쌀가루를 버물러
동부속살 깨와 설탕을 채워 넣어
만든 송편 함께 할 누구도 없는
쓸쓸하고 외로운 한가위

내 작은집 넓은 창가에서

아스라이 스쳐가는 보름달을 보면서

속히 코로나19가 물러가길 바란다

시대의 아픔

늦은 밤
행여나 가을비 소식일까
일기예보를 듣는다

비가 내릴까
조바심에 서둘러 나선 산책길
홍색을 띤 요염한 달의 얼굴
차츰 풀숲에 가려져 보이지 않는다

풀벌레들의 하모니가 시작되고
손주의 따스한 손을 잡고 걷던 길

눈에 보이지 않아도
내 맘속에 있는 너의 모습

하트로 서로의 가슴에 새기며
우리는 감탄사를 연발했었지

달빛의 정경에 취해
손 전화로 잠깐 인증 샷 나누며

만나지 못하여 아쉬움은 있지만
결코 외롭지 않은 한가위

지구촌에 비상벨이 울리다

온다고
하지 않았네요

어느 사이 비스듬이
소리 소문 없이
찾아든 세월의 나이테

희노애락
돛단배에 올라타
또 다른 항해가 시작되었네요

부푼 꿈은
만선을 기다리며
목적을 두지 않아 자유로운 시간

희미한 안개 속을 노를 저어간다
가다보면 청풍에 돛단배
유유자적만 있겠는가

때로는
소스라칠 만큼
폭풍도 불어올 것이다

지금도 지구촌에는
고난 속에서
아우성을 치고 있지만

이 풍진 세상살이
하하 호호 웃다보면
고진감래 찾아 들어 온다고들
그리 말하지 않던가요

가을바람 살포시 두 볼을 스치며
깊은 밤을 이기고 나면
붉은 태양은 새롭게 떠올라
다시 펼쳐지는 넓은 세상이 있잖소

기회

저 산이 보이나요
백마와 꽃가마타고 오는
가을을 느끼나요

가끔 추억 속의 앨범을 뒤지며
사랑의 멜로디 들려오는 소리
내일을 찾지 말고
이 순간을 놓치지 마세요

오늘의 기회에 나이테가 새겨져
우리의 발자취가 선명한
웃음마당에 꽃피우며
퇴색된 삶을 멀리하고 살아요

손에 잡힐 것 같은
흘러가는 구름을 보면서
진정성을 부각시키며
아름다운 삶을 추구해요

산고의 시

갓 태어난 신생아
기다리던 자식이 아니라고
버릴 수 있었던가

열 달 동안 가슴에 품어
뼛속 녹여 숨긴 기다림의
탯줄이었던 것을…

밤샘으로 눈이 아린 핏줄
양수가 먼저 터지면 힘든 아침
퇴고의 진통 속에 태어난 시가
속내를 들키게 한다

자식과 같은 작품
예쁘지 않다고 버림은 더욱 어려워
쉽지 않은 선택은 컴퓨터에 저장하여
다시 여유를 갖고 쓰다듬어야겠다

다짐의 날

앞만 보고 달려오며
허덕이던 지난 세월

가난의 서러움은
자존심을 건드릴까

한 점 부끄럼 없는
삶을 위한 몸부림이었던가

뒤돌아서 후회 없길 바라며
고난 중에도 가슴팍에 새기며
참으로 여유가 없었던 세월

흰머리 늘어나고
눈가와 이마에 나이테가 늘어나
거울 앞에서 나를 보게 되는 날

기쁨도 한숨도 추억이 되는
소중한 시간들이었음을 감사하며
앞으로 가야 할 길 연분홍 치마폭으로
살포시 덮어 가리라 다짐한다

마음의 꽃

오가다
옷깃만 스쳐도
인연인 것을

하얀 마음으로 피운 백합
함박꽃 전설을 담은 작약꽃

고요히 정성으로
한 촉 한 땀 숨어 핀
꽃들이 대견스러워
한참 동안 바라보기만 한다

그냥 지나치렵니까
아직 못다 피운
봉우리가 남았는데

필연이란 걸

꽃을 보며 알게 되면서
증표를 남겨두고 가련다

너 거기에 너무도 초라한
모습으로 웃고 있구나

제4부

머문 곳마다

너 거기에서

너는 지나는 바람결에도
노오란 입술 파르르 떨었지

모두가 떠나버린 홀씨로 남아
두 손 흔들며 거기에서 숨어 피는지

세상의 오만함을 밝은 등불로
너의 영육을 감싸 안아주고 싶어

너무 아파하지 마
미안해하지도 말아야 해

감사함 잊지 않는 너
간다고 아무도 뭐라 하지 않아

가슴으로 저며 오는 나
차라리 곱지나 말지 웃고 있는 너

구월을 보내며

가을비가 심술 내는 구월
이제는 떠나야 할 때라고
이파리를 떨구고 있네

보내달라고
부탁하지 않아도
가고 말 것을
붙잡는다는 것은 부질없는 일

아직 푸른 잎사귀 매달려 있는데
가고 싶다고 버려두고
차마 그냥 떠날 수 없어
후년을 기약하며 위로를 하네

다시 못 온다고 하지 않고
떠나는 구월
살랑살랑 시월의 희망
바람에 알곡 실어 보내준다네

시월이고 싶어요

시월에는 모두가
시인이고 싶어 하네요

눈부셔 시린 눈
양손에 깍지 끼고
촘촘히 수놓은 옥색구름
머리에 이고 싶어 하네요

단풍진 가랑잎 돛단배
쉬이쉬이 물결 위를 저어
일곱 색깔 무지개이고 싶어 하네요

태양에 익어진 별빛
다시 이고만 싶어 하네요

시월은
다시 품고만 싶어 하네요

알 수 없는 밤

노을에 물든
오늘이 과거로 묻혀가는 밤

남과 서쪽 시리도록
눈부시던 금성별 보셨는지요

가슴 쪼개지는 애달픔의 몸부림
서러움에 고뇌하는 가을밤
자꾸만 깊어가는데

가려진 쪽빛 반달에 숨겨진 그림자
안타까운 몸부림은 초저녁에
솔 적다 우는 소쩍새 사연만 애달프네

아직 덜 여물었는데요

그냥 가야 한다기에
그래야만 된다고 하여
이 악물고 달려왔는데

아무 기별도 하지 않고
이렇게 찾아오면
나 어떻게 하란 말인가요

여주에서 말갛게 익어
보람이 되는 날
살려고만 하려는데요

그리 빨리 찾아오면
아무런 준비 없는 설익은
이런 모습으로 어떻게 하나요

아직 여린 잎사귀는

단풍잎 모른다고

손 저으며 가려 하지 않아요

들국화와 함께

노을에 익어지는 고즈넉한 오솔길
너 언제 거기서 노오란 눈꽃송이
숨결에 실어 은은한 향기 품는가

지나는 길손들 가을바람에 화들짝
너 머문 거기서 설렘의 손끝을 당겨
행복으로 사뿐 나비 되어 쉬어가네

숲에서

비탈진 오르막길
가을 숲을 찾아간다

사그락 사그락
사르르 사르르
구름과 바람이 쉬어가는 곳

아늑한 숲에서
세상에 찌든
마음을 씻어낸다

떡갈나무도
물든 잎을 떨구며
떠날 채비를 한다

나는 이곳에서
다시 만날 날을 기약하고
서둘러 일어선다

절정의 날

늦은 가을비
입동에 물들어
천연염색 고와라

겨울이 오기까지
한껏 햇빛 받아 화려한 모습
하루가 분주하다

사람들이 찾아들면
속살거리는 단풍들의 익살
바람도 그냥 지나치지 못한다

산마루에서 나무들과
인사를 나누는 동안
전율하는 나를 감추지 못한다

얼마 후면 찬서리 맞아

떨어질 잎새들 내일 일을 모르고

붉은 열정으로 최선을 다하는 모습

머문 곳마다

실개천 퇴적이
쌓이고 쌓여도
흐르고 흘러가며
너울춤조차 머물던 강 언덕

조금 먼
이곳에 도착했네요

덜 익은 풋 사과는
고개로 인사 건네는 쓴 웃음

멈춤 없이 가고 있지만
먼 언덕 오르지 못해
보여만 지는 곳

쓴웃음 짓는 인생 길
너머너머 보여만 지는 모습

가던 길 뒤돌아 다시 머물며

갈 길의 도돌이로

되돌아오는 길

묻고 또 물으며 온 길 이 길인가요

길 위의 천사

지구촌 곳곳에 들려오는
두려움의 소리 소리가 겹친다

사회성이 무너지고
부모와 자녀간의 갈등
형제자매끼리 시기하고 질투하며
우애는 식어져만 간다

한솥밥에 한상 둘러앉아
식사를 한들
손전화기에 노예 되어
중단되어가는 대화

개인주의 위선자 피해망상
한탕주의 우울증에 자살소동 늘어가
속고 속여 서로를 신뢰할 수 없으니
진지함이 없는 아쉬움뿐인 시대라네

그들의 정치는

사리사욕에 불타오르고

국민을 위한다면서 안중에도 없다

후손들에게 관심은커녕

부끄러운 일만 하고 있네

역병들에 발목 잡혀

가가호호 늘어나는

부채는 갚을 길 없으니

하늘을 우러러

한 점 부끄럼 없는 삶을 위해

밤잠 설치며 애면글면하며 지쳐들 간다

7년 근무 퇴직금 50억이 웬 말인가?

물가는 하늘 높은 줄 모르고 치솟고 있는데

병아리 오줌만큼 지원금 슬슬 뿌리며
시장 두 번 가면 바닥이 나니
나랏돈 비어지는 것도 염려되네

신앙의 자유가
지배당하는 현실 앞에서
그리움과 바라는 마음은
이웃사촌 밝은 웃음 나눔

대학가의 푸른 청춘
고운 수다 힘찬 함성
호숫가에서 그대들과 함께했던
공연들이 사무치네

이제 다시
허리띠 졸라매기 하며
앨버트 슈바이처

마더 테레사 수녀

울지마 톤즈 영화 주인공

이태석 신부님 존경스러움에

다시금 새롭게 거듭나는 세상으로

변화되길 간절히 소망해본다

겨울 풍경

짧은 겨울 햇살이
작은 호숫가에 내려와 앉는다

살얼음 위로 오리떼 가족이
시린 발 동동걸음치며
배고픔을 위함일까
살기 위해서일까?

어쩌니! 양말이라도
나누어주고 싶은데
자꾸만 멀어져가는구나

가슴이 저며 온다
세찬바람에 두 볼이
이토록 시려오는데…

절규

저것은
어쩔 수 없는 벽이라고
댐쟁이 시를 쓴
도종환 시인의 시가 떠오른다

아침부터 분주한
육십 넘어 칠십 문턱
집 한 채로 근근이 살아간다

그것도 은행융자와
전세 끼고 남편 명의로 장만했다고
설렘으로 뜬눈 세웠는데
별안간 치솟아 오르는 이율과
주택담보 규제 강화 앞에
두 무릎 꿇을 수밖에
어떤 길도 없었기에 비상사태였다

눈에 보여지는 금융문턱은
모두 넘어서기로 작정했는데
가는 곳마다
주택담보가 강화되었다는 것뿐
희망이 없다

도대체 뭐가 문제인가?
대선공약에 주택을
한없이 공급하겠다고 하였던 분도
지금 이런 실정을 아실까

어렵던 청약 몇 십대 아니면
몇 백대 일 이쯤에서 칠십 프로
팔십 프로 물 건너
사십 프로 오십 프로

평생 내 집 갖고 싶어

애면글면 애타게 당첨된 내 집
계약 이년 넘게 살아야 하고
육십 프로 양도소득세 내야 하는 것을
보유하고 있어도
육십 프로 양도소득세
감당하기 어렵고

어느 곳이든 꼭 같은
지금의 현실 앞에서
애달픔의 곡예로 메아리쳐본들
현실은 어깨의 무거운 짐 뿐
대책 없는 하루들이 이어져
막막한 내일의 소망은 사라져버린
이 시대는 캄캄하기만 하다

제5부

억새의 삶

새해의 소망

지구촌 종전선언 선포
며칠이 지났던가
탄도미사일 순환미사일
올 들어 일곱 번째 쏘아 올려
휴전도 평화도 아닌
불안으로 새해를 맞는다

동강난 민족의 비극
통일을 외치지만
세계 유일 분단국가
속고 속이는 위정자들
눈 가리고 아옹 하는
정치에 발목 잡힌 자들

역사는 알리라
후손들에게 총부리 겨눈
부끄러운 인면수심

온 계례의 염원

평화통일의 기원으로

대한민국 하나 되기를…

생각의 변

북서풍의 칼바람
반쪽의 심장 강타하여
거듭거듭 고통을 주고 있다

대한보다 강하다는
소한의 호수공원
금빛 억새 길을 걷는다

어머니의 옛 추억 길에서
들려오는 목소리
두 볼에 이슬로 맺힌다

교만과 거만은 패망의 선봉이니
사람을 대할 때 겸손으로 대하라는
매운 말씀에 고개 숙인다

출랑대는 연분홍 봄빛

슬그머니 계절의 뒤에 서서

시간을 기다리고 있을 때

천지개벽 소스라치는

한마디는 곧 새벽이 온다고…

혼자서 견딘다

지나간 시간들이
추락되어 찢겨질 때
한줌 작은 희망으로
배낭 하나 달랑 메고 집을 나선다

오라는 이도 반기는 이도 없는
낯선 곳은 대관령 언덕길
우뚝 혼자서 멈춘다

인생길 춘하추동
춘삼월 봄이 온다는 소식에
동장군 백색 되어 회춘했나

나목으로 쓰라린 곳
이화의 수채화
목련꽃 송이송이
수련의 절정이던가

별이 된 눈꽃송이

이 밤이 시리도록

빛을 가두지 않네

소망의 기도

봄이여! 어서 오소서
지치고 상한 영과 육에
민들레 노오란 꽃송이도 좋사오니
한아름 안겨주소서
사랑하는 이 땅에
가뭄으로 목마른 자 많으니
한 모금의 오아시스가 그리운…

흐르는 세월에 찢겨진 세월
얼룩진 자갈 되어 무디어 가는데
어찌하나 아직도 으르렁거리는
저 소리에 심장 녹아내리는
이념의 독버섯 분별력이 없는
사람들의 앞에서 메아리쳐 오는
안타까운 울음소리 멈추지 않는다

고뇌

아직도 흙탕물에 빠져드는 너
공연하게 옆 사람
손잡으려 허우적거릴 때

오호라
봄이 오고 있었네

촐랑대는 너
지쳐가는 쓰라림
먼 산 외진 곳에서
갈 곳 잃은 외기러기

식어지는 정열
꽃도 삶이 무거운지
온종일 침묵으로 일관하고 있다

오월의 불효

가정의 달 오월이

어김없이 찾아오네요

부부의 무촌에서

한 가정이 시작된다지만

아직도 어머니부터

시작이 되고 있습니다

어머니! 진주 빛 눈물에 저미는

보라빛은 아직도

못다 이룬 불효막심이겠지요

어머니는 친정이 없으신 줄 알았고

동태대가리가 맛있어

혼자 드시는 줄 알았고

뚫어진 뒷굽 한번 두 번 꿰매 신으시는 것은

당연히 어머니 몫인 줄 알았습니다

흰 커버 양말 선물 들어오면

그것은 내 것인 줄만 알았습니다

헌수건 머리에 쓰시고

버려지는 넥타이가
어머니의 허리띠였습니다
한겨울 터진 손에 핏방울
삐뚤어진 마디마디
어머니 손
동네에서 가장 큰
어머니의 나뭇동
이시고 삼천병마로
언덕길 오르시며
헉헉 숨 고르실 때
고된 삶이란 걸 생각지
못 했습니다
어머니가 그리도 바쁘게
가실 줄 몰랐고 그 길이 정녕
다시 못 오시는 길 이란 것 알았을 때
후회란 걸 했습니다
주방 모퉁이 서서

오징어 양배추 볶음,

후루룩 우거지 된장국

흉내내보려 하지만

설레설레 어머니 맛이 아닙니다

어머니의 나뭇동

깊은 골 어머니의 나뭇동
육남매 무게 이고 지고
휘청이는 잘림 허리
삼천병마로 허기진 언덕길
내 어머니 남루한 몸뻬 바지
힘겨운 나뭇동 신사터 산마루
오동잎 후미진 낭떠러지
이 빠진 갈퀴에 얼룩진 눈물방울
어머니의 나뭇동 동동 구루무 이름도
지우시고 땀 향기로 채우시던 어머니
소리 없이 가시던 날
어머니! 수십 년 흘러 지나갔는데
어찌 이리도 쓰립니까
한번만이라도 어머니 두 손 잡고
들길을 걷고 싶습니다

어머니

어머니
저 힘들어 더 못 가겠네요
외마디를 꿀꺽 삼켜
마음으로 안는다

그리도 힘겨웠니?
내 딸아! 품으로 안고 도는
내 어머니는 길고도 모진 세월
잊고만 싶어라

가슴에 파고드는 얼룩진 사연
이 밤 영롱한 이슬에
곱게 주름 잡힌 어머니
옛 추억 길 아련히 여울지고
잊지 못할 긴 세월
안고 가고 있네요

아직도

허덕거린 젊음

등에 지고

앞만 보고 달려온 삶

더듬걸이 밤 하늘

별 셀 줄 모르고

한밤이 지난다

온종일 메마른 땅

기름지도록 종종걸음

늘어난 한숨 소리

억척을 부리는 발버둥치는

모퉁이 각이 져 찢어진 생태기

허우적거리며 지쳐버린 삶…

양구에 숨어 피는 꽃

– 주혜란 박사

상상도 못했던
교통사고는 무서움과
두려움에 고통이어라

오른쪽 팔 세 곳에 골절
네 시간 넘는 수술

육체는 고통이여
영적으론 애면글면 하시어라

행사는 코앞인데

어쩌노!
너무도 침착하신 숨은 꽃이시어라

이내
시작된 숲속 치유 토론

열정과 희망 토론

오르니 양구가 익어가네

강원 특별자치도가

여물어가네

억새의 삶

달리는 창가에서
우연히도 너를 보는구나

가을햇살은 이리도
눈부시는데

은빛머리 풀어 헤치며
가눌 수 없는 몸부림은

왜?

이리도 견딜 수 없더냐
스치는 바람결 때문인가
묻고 가려는데 아니라고
허이얀 수염 되어 아픔
묻고 가려는데 어찌 바람 때문이련가?

금방 노을꽃 익어

피고 진다고 하지 않던가요

나도 아직은 살아 있다고

외치고 싶다 잔소리니까

벗님이시여

육심 넘어
하고 싶다던 그림을 그리네

쪽빛 하늘 요술쟁이
하이얀 눈꽃송이
정재영 화가의 그림이라네

애면글면 사연담은
한 폭의 작은마음
그대의 웃음속 내 마음 젖어드네

오늘밤 지울 수 없어
창문 너머 구월이 구르는 속삭임
함께 저물어 묻어가는구려

제6부

들국화 향기

호수로 가자

추억 가득 머금은
잔잔한 호수로 가자

돌을 던져도 그냥
삼켜주던 호수로 가자

변함없이 반기는 푸른 하늘의 수채화
담겨져 있는 호수로 가자

오리떼 시린 발 안아주며
쉬어가라 반기는 곳

마음에 채워진 버려야 할 것들
연꽃잎에 던져 놓으러 가자

노을은 익어가는데

들녘에 피어나는
무수한 사연만큼
견디기 힘들다고
아우성치는 시간들
역병들이 핑계 삼아
태극용사 발목잡고 놓지 않는다

언제쯤 찾아올지 모른 채
불안과 초조함의 연속
노을꽃이 지면 찾아들 이 밤이라도
은하수 강가에 무지갯빛 꽃길 되시길
두 손 모아 기도드린다.

어느 여인

비바람과 폭풍우
눈보라까지 몰아치던가요?

지금은
벚꽃 길인가요?

오로지 가화만사성 헌신만으로
저물어만 가는 여인

가을비에 옷이 젖어
가슴 깊은 곳으로 파고들어도
어찌 웃고만 있던가요

나도 노을져가고
여인도 가을로 접어드는데
폭넓은 앞치마 한 폭에
모든 것 감추려 하실까요

쓴맛 같은 삶

달게 받아들이는 삶

가을의 단풍처럼 아름다운…

여섯 살 애국자

태극기 휘날리며
대한민국 외치며
찾아드는 손주

일본에 해방되어
다시 찾아온 태극기라네

우리나라 침략하여
태극기 빼앗고 온갖
나쁜 일 많이 했으니
이제 소중한 태극기라네

오른손에는 '국민의힘' 카드를 들고
왼손에는 태극기를 든 손주의 애국심
넓은 창에 국민의힘 카드를 붙이며
윤석열 대통령 만세
대한민국 만세를 외치는 모습

분명 너는 대한의 애국자!

내 손주이어라

예술이 피운 꽃

정열의 태양은
아무 말 하지 않는데
불이 났다고들 아우성들이시고요

쏟아지는 빗줄기를 바라보면서
눈물도 섞어주는 꽃님들이시라고
유월의 녹음이 말하던가요?

아침 산책길 길섶
영롱한 이슬방울에
그냥 지나칠 수 있었던가요?

푸른 바다 넘실대는 파도 앞에서
구름 싣고 떠도는 하늘을
그냥 바라만 볼 수 있는 건가요

가을날 떨어지는 낙엽

함께 구르며 아파도 하지요

하얀 눈이 내리는 날이면
하염없이 그냥 걸어요
예술에 핀 꽃님이시기에…

시인이 되고 싶어라

각시봉 함께 거닐던
오솔길 길섶에는
새벽에 내린 빗방울이
영롱한 칠월의 햇살에
가슴마다 꽃을 피워
빛과 빛으로 눈부시다

두 손 잡을 수 없어
한 보 뒤에서
밀려드는 늦깎이의 정열
예술로 담고 싶다 속삭였다

함박웃음 짓는
하나뿐인 나의 팬
그대여! 하늘을 보라
넓고 푸르다오

그대

등불을 밝혀보시오

숨은 꽃

봄꽃으로 피워보시구려

들국화 향기

비탈진 언덕길
지천으로 피어난 고운 자태
화려하지 않아도
아낌없이 살랑살랑 내어주는 향기
스치는 여인의 향기련가

가을이 깊어
쓸쓸한 현실 앞에서도
지나는 길손까지 품어주는
너를 닮은 속 깊은 정

분명 이름 있을진대
들에 피어 들국화라 불리어도
언제나 그 자리 변함없이
피운 꽃향기 내어만 주는

짝사랑 꽃말처럼

누구에게나 환하게 웃어주고

모든 것 내어주려는

나 닮은 가을에 주옥

그 이름 들국화…

만추의 행복

오색빛깔 지는 낙엽
구름이 살짝 걸터앉은
아담하고 고즈넉한 마을
인심 좋고 맘씨 고운
큰사람 살고 있다네

옆 마당과 뒤뜰의 작은 텃밭
이쁜 옛지에 정성들여
소담소담 물 주고 사랑 주고
가꾼 무, 배추를
내 살 베어 내어주듯
스으윽 뽑아 자루 가득 채워주며

곱고도 환한 웃음 지어
두 손 흔들며 보내려 하는 큰마음
어떤 것으로 보답되리

어찌! 잊으리까?

무엇으로 갚으리까?

다낭의 행복

먹어도 먹어도 손이
자꾸 가는 와싹와싹 달콤달콤한
동생이 남기고 간 '뻥이요'를
혼자 앉아 먹다가 지난
여름휴가 계획의 드라마틱한
생각이 떠올라 소리 내어 한바탕 웃었다

COVID가 3년 반 넘게 지구촌을 흔들어
모두가 두려움과 공포에 팔각정이었다가
정권교체와 함께 우리나라는
조금씩 회복되어가고 있을 때
아들 부부와 손주들이
우리 부부가 여행을 너무 좋아하니
삼년 부었다는 적금까지 해약하고
철저한 효도관광으로 다낭을 가자 했다

우리 부부도 좋았지만

아들 부부와 손주도 보름 전부터 분주했다
며느리는 어머니! 원피스 사드릴께요
샌들도 없으시네요
이쁜 티와 흰 바지도 사주고
준비 과정에서부터 넘 행복이 넘쳐났다

이틀 전부터 화장품, 건강식품, 누룽지, 라면,
김, 과자 등 이것저것 열흘 먹을 것쯤
설레는 마음으로 챙기고 또 보고 완성시켜놓고
내일 새벽 5시에는 공항 출발이란다

3시30분에 일어나
생전 하지도 않던 화장도 하고
마스카라까지 완벽하게 치장을 하고
빨강 쫄티에 흰 바지에 이쁜 샌들까지 신고
4시40분쯤 아들네로 가서 벨을 누르려는 순간,
핸드폰 전화벨이 먼저 울린다

엄마! 지안이가 열이 좀 있는데요,

이런 자가진단하고 난리중인 것 같다

지금은 한 줄인데요

열이 조금씩 더 심해지는데요

10분쯤 기다리니

엄마! 큰일 났어요 지안이가 확진인데요

아들 부부 손주 모두 고생 많이 했다

아들은 4차 며느리는 3차 예방접종 했는데도 소용없다

확진 확인서가 있으니

모든 일정이 딜레이 되어

추석 연휴로 다낭을 갈 수 있었다

출발하는 모든 과정들도 순조로웠다

출발하는 날 공항에서는 sbs9시뉴스에 손주랑

함께 손잡고 인터뷰도 했다

빈펄리조트 녹누억 비치 8108호

100평 넘는 야외 개인 수영장과
녹누억 해변이 연결되어 있는 곳
환상적 파라다이스
밤에도 황홀해서 잠자기 아까운 곳이었다

밤새워 출렁이던 흰 파도는 어디로 갔는지
새벽이면 조용히 나오라 손짓해서
살며시 나가보면 발목을 간지럼 피며 속삭인다
어제 밤이 무서웠다고…

프랑스 관료들이(1998년)
건설한 바나산 해발 1400고지에
테마파크는 요금 60달러,
소요시간 3시간, 어떤 우주별의 여행인가?
상상을 초월하는 곳이었다

어떻게 20년의 기나긴 고통 속에서 이런 곳이

숨겨져 존재하고 있었는지 궁금하기까지 했던 곳이
었다

가족이란 소중한 단어 안에서 함께했던
5박6일은 지금도 내 가슴 깊은 곳에 숨겨져
꽃이 되어 피고 있다

특별 부록

박지안의 시

나는 행복해

아름다운 밤하늘에
별들이 노래하고

나는야 행복해
나는야 행복해

나비들이 놀러 와서
꽃들이 머리 풀고
내 가슴이 콩당콩당

비행기도 날개 없이
날 수 있는 밤이라네

나는 나는 행복해
나는 나는 행복해

후렴

나비들이 놀러 와서
꽃들이 머리 풀고
내 가슴이 콩당콩당

치과의사가 될래요

일곱 살 동생의 유치를
화장지에 올려놓고
나는 할머니를 불렀다

동생 입안에는
피가 조금씩 묻어났다

여섯 살 때 내 이빨 뽑을 때
아프지 않았던 기억으로
이안이 이빨도 뽑아주었다

할머니께서 장래 무슨 일을
하고 싶니? 물으실 때
나는 어린이 치과의사가 되어
아프지 않게 치료해주는
의사가 되겠다고 웃으며
자신 있게 말했다

시와함께(Along with Poetry) 시인선 025

노병순 제1시집

오월의 여왕

발　행　2022년 10월 30일

지은이　노병순

펴낸이　양소망

펴낸곳　도서출판 넓은마루

주　소　(03132) 서울특별시 종로구 삼일대로 30길21, 1103호(낙원동, 종로오피스텔)

전　화　02-747-9897, 010-7513-8838

이메일　withpoem9@hanmail.net

출판등록　제2019호-000100호

인쇄 · 제본　(주)지엔피링크

저작권자 ⓒ 2022, 노병순

ISBN 979-11-90962-27-8(04810) 979-11-90962-04-9 (세트)

값 12,000원